三千の日

田中清光

思潮社

三千の日

田中清光詩集

思潮社

装画＝著者
装幀＝清岡秀哉

目次

三千の日

「無」に向って

いつのまにか「無」に向っている
いくつもの橋を渡って
この世の花が咲くのを見た
川の流れが
どれほど静かに語りかける季節にも
山から届けられるものを
忘れることはない

おのれの生命と地つづきの
断層を地面に見出しながら
地の裂けめから
溢れてくる
時の刻みに
息を吹きかえす草花　木木を見出す

野の道を歩いてゆく
生れてからこのかた　戦さの日も
別れていった人びとも
よく聴こうとすれば
語りかけている

この世紀といえども
見ようとすれば立ち上がるものがある

気配という気配が
流れてゆく地上で
いまも引き裂かれながらも生れてくるものが
自然の　転生の生ま生ましい烈しさを現わしている
驚きがその原初から誕生し
この地上を騒がせるすべての智識も機械も
たぶんそれを真似ている

「無」に向う流れのなかで
見てきた美しいもの　醜いもの

息を繋ぐ　生命「有」
身体の危うい一刻一刻にしても
存在そのものの
あなたとの約束に
向って
歩いてゆくだけなのだ

石

砕けて
墜ちてゆく
骨も　時間も
思想だって

落下の深さも
その先の命運も

誰ひとり救うもののないまま

つまり　無限へ
放下
その彼方にわたしたちの安住の地は
開かれている？　閉じられている？

そこで他者の目をもつ
石になるために
行くがいい
この先にどんな異変がはじまるのか　見知らぬ国家が訪れるのか
彼の地はそれほどに遠い？　近い？

隠されているはずの塩
どこまで行こうと

わたしたちは目をあけて
宇宙の影のなかに這入ってゆく

世界の秤

世界の秤が揺れつづけるので
すがる縄もないまま
わたしはよろめきつづける

川の行方で
地盤が割れ
草も木も暗闇に沈んで

生き死にをくりかえす

谷底から聳え立つ玄武岩の塔だけが
天上に向うもの
わたしを河床にするもの
神が死んでからの地上では
わたしにも
少しも余りの利子が送られてこない

大地は壊されたまま
自然そのものの
覆うもののない死をみせる

なにに繋げることもできぬ
一刻一刻

ひらけ

この世という断片　断片の集積
繋ぐのは言葉か　感情か
消滅する物質　記憶　を繋げるか
世界像をつくりえないままに　いつか創造の原初からはなれ
歌ってきた月　収穫《とりいれ》のための種子　惑星のめぐりの宙の青さ

薔薇がそのまま薔薇として

我らの欲望の眼からそれ
風のなかに立ち　空気のふるえのすべてを
その萼《うてな》のなかに　閉じこめ
星ぼしのアルファベットと響きあうのを聞くがいい

幾時代を過ぎても　韻律と連れ立つ言の葉が
生き永らえ
我らの犯してきた数多くの過誤——
だれが発生の現場というものに立ち
物質と無について語ってきたか
もっとも純粋に近い
思考を眼覚めさせてきたか

見えない巨大な塔
砂でできた都会
そこでは無とはすでに絶対として反言語であり
そこからすべての生命と死とは
影となる

いま　物質の世界をはなれ
太陽に向う眼よ
ひらけ

大洪水から

一体何が起きたというのだ！
海洋・湖・川・水を含むプレート・などなどの
夥しい水分に包まれた　いわばぶよぶよの地球で
踊りつづけてきた多勢の人びとが
地殻・マグマ・マントル・膨大な水の
地中からの凄まじい流動に直面し
打ちのめされている

都市であれ　山岳・自然であろうと
大地は常に堅牢な構造をもち
動きはしない
その上でおのれらは文明文化を築いてきたと……
誰であろうと定住定着を愛し
動きゆくものは遠くに追いやって
この球体の上
じつは流動定めない地の上に住みながら
時を超えてそこに安住できるつもりだった

活き動きつづける地球の内部の巨大な物質たちの渦巻き
その狂おしいまでの生動

いつまでも圧伏されてはいないプレートやプルームは
いまになってはじめて立ち起ったわけではないといわれる

とはいえ　不意に大地が震えだし　横に揺れ縦に揺れ
地が割れ　くずれる建物
襲来する津波の凄まじい力を目前に
現実界の作り物のすべてをぶちこわされるとき
地震学の頁をひらき
予想もしていなかったと嘆くばかり
地球が激発させる魔物のごとき水分の氾濫
大地を揺るがす破壊の拡がりに
打つ手をうしなって

大陸はそもそもマグマ・マントルを抱えつづけ　移動をくりかえし
海はぶよぶよの水分を溢れさせるものだと
億年の物差しをもつことのできない
われらの目は

地球の真相も　惑星の未来も　じつはおのれをも
捉えきることをしていなかった
(ほとんどの人間の生命は
ただ後戻りできない一方向に
たまたまの時間軸にそって流れてゆくばかりというが)

太陽系のなか
はかり知れぬ水分や動く地下をもつ球体の上で

うわべの技術や機械　想像力の表現は盛大だが

惑星のもつ宇宙時間にあって　ゆらゆらと水や土地が大循環している本質
かりそめの時間を　地球に住まわせてもらっている現実を忘れ去って
「存在するもののなかでよそものである」*
そのこともすっかり忘れ果ててしまっていた——

突然　何もかもを破壊する自然の猛威
暴発に
目の前で現実を押しつぶされ
生活の果てまで奪いつくされ
長く延びた海岸線をどこまでも乗り越える津波に
次つぎに人間のいのちが喪われていった

自然の屈強なこの一本気！
もはや虚空も尽き　衆生尽き
無から起きてきたわれらには　帰るところは無のほかにないのかと
打たれたものの悲しみ　悲しいかな　どこまでも悲しいかな
失ったものの　虚無　どうにもならない悲しみを背負い
寒風に向い　ゆるがせならぬことの根源を見る　そこに起つほかないと

初稿二〇一一年一月。同年六月、一部を改稿。

＊ハイデッガー『世界像の時代』（桑木務訳）

地は黒い　地は赤い

地は黒い　地は赤い
火は赤い　火は黒い
海も黒い　海も赤い

火が走る
地の底から噴きのぼることをやめない
どこまでも

地獄であろうと
天上への道であろうとやめない

向う岸が冥府であり
新しく生れうると証明できない地であろうと
これから先に進めないまま
戻れもしないが

誰もが近づこうとしなかった禁断の地
狂いはじめるとこんなものだ
狂いはじめるとどこまでも狂いつづける
かつてパンドラの箱を最初に開けたとき
キバを生やしたけもの・病い・貧困・狂気が

ぞろぞろと飛び出したのを見たはずなのに
そんな箱を
人類はわずかな時間のあと　現代に開帳してしまった

証明し切れない　分解も完全な制御もできぬ
見えない原子力
視界の底にうごめくものを
どんな視力をもって観つづけようと
とらえきれぬそれを

地球史を振り返りもせずに
開帳し
「自然」というわれらの母から離れ

衰弱してゆく快楽を追うためか
いずれ非在となるかもしれぬ価値を旗印に
確かとはいいきれぬ血統
一面からみれば合理性をとなえ……
コントロール不能の御しえぬ未知に向う怖ろしさ

宇宙に遍在するはずの曼荼羅を
取り戻すにはこののちどうすべきか
おお　苦しい現実！
そこで　死後にも生きねばならぬ言葉まで
即死させてはならぬ

太陽のめぐりをぐるぐる回るだけの

出生の原理を甦えらせ
この暗闇でよりそうマントにすべき?
世界もいずれは死ぬものだが——

火の渦レクイエム

東京大空襲・一九四五年三月十日を想いつつ
六十七年目に――仆れた友Kよ

火の渦がところかまわず無慙に踊りまわるなかに
立ち竦み　大地を見失い
街角から街の隅へとさまよった
その夜の空爆は　ナパーム焼夷弾が油脂ガソリンを噴出しては
逃げる人びとの頭上にとめどなく降りそそぎ
意表を突かれて焼かれ　黒焦げになったまま
闇のなかで燃えていった人間の身体がのきなみ地に倒れた

こんなバカなことがあっていいのか
その屍体の列に踏み込むのは十四歳の少年　わたしには恐怖だった

熱風のなかで声も発てられず
幼な子の手を握りしめたまま燃えている母親を
誰が救えたか　空中の殺人者から
血管を流れる血も　涙も　小便まで
乾からびて
穴という穴（手掘りの防空濠もそれだ）　わずかな窪みを探し
身を伏せ
これは到底　「人間の時代」のことではない
聖書のどの頁を探したって　仏典のどこにだって

こんな風景は描かれていない
人間はある時　間違いなく悪魔になる
東京だろうが　欧米だろうが　世界のどこでも
天使になろうとして豚になる*
東にも西にも　倫理も思想も役に立たず
ただ暗黒の道が地の果てまで
終らない暗い空洞を開けていた現実——
下町っ子たちもべらんめえとののしったり
時間よ燃え尽きてしまえ　と叫ぶこともできずに
黙って一晩に十万人余の人びとが死んでいった
行く手　火の風の吹き荒れる通いなれていたはずの巷の道を
焼け果てるしかないままに

友よ　その火のなかできみは必死で呼んでいたのだろう
父の名　母の名を
いまわのときに見たのは何だったのか
まだ少年期だったぼくら
軍国少年に仕立てられ誇らしげによく喋りあった
輝やかしい戦闘談
でたらめの勝ちいくさ
だが死に向う雷雲がそこにはたえずあって
きみはぼくより先にその火花に打たれてしまった
なんとも愚かしく作り上げられた本土決戦などという幻想――
本所のきみの家も　周囲の庶民の町も一夜にして瓦礫と化し
何もかもが灰となり

あるのは隅田川に辿りつこうとして焼け死んだ累累の屍体の山だけだった
こんな風景を誰が見ただろう
ダンテだって実景を知るはずはない
どんな書物も　予言者も　この火の河の向うに海を見せてはくれない

一晩じゅう火焔のなかを逃げてまわり
貨物線の引込場に仆れ込んで震えていた三月十日の寒い夜
隅田川の大きな川幅を越えて対岸から
燃える家の破片が宙を舞って降りそそぐ
地上の火の色に染まったＢ29　超低空から撃ち出される機関砲の掃射のなかで身
　を伏せていた
射撃する若い兵士も　逃げまどう避難民も
この瞬間瞬間を　目に刻んだはずだ

野に伏せたままで夜を過ごし
訪れた早春の朝の光に　剝き出しにされたこの世の終末風景
これがぼくらの住んできた東京か！
天変地異ではない
人間によって破壊しつくされた荒地
何もかもが燃え果て　何も立つもののない焼野原がそこにあった
三月の残酷な朝風に
塵灰は死者の灰や衣裳までを捲き上げ
絶え果てた空き地の草の根までが
死者の背のなかで消え失せた

それからはオリオンの清らかな光は地上には届かなくなった

感情も感官も空白状態となって
現実とは認められようもない物体の残骸の転がるなかに
立ち尽すばかりだった
死者のみがそこを彷徨う
人類の狂気を灼きつけた火傷を背に刻みつけて
死者きみも彷徨ったにちがいない

今も
Kは歩きつづけているままなのだ
おお　その後ろから歩いてゆくのは
いまだに足がすくむ

*渡邊一夫『狂気についてなど』昭和二十四年

村で

村での労働は
日毎　肉体を痩せほそらせ
繋ぐすべのない未来に向けて
血を吐かせる

落日の向うで
毎日燃え尽きてしまう地平

ハンノキの向うのハンノキの陰で
富裕の一族が稲穂を集めて私語を囁きつづける

資本論にかかわりなく　また煩雑な財産目録をもっていない
流転の家族は
死が讃えつづけられていた首都の焦土から
この山脈の麓に流れついた

猛烈な寒気　降りしきる雪は熄むことなく
野辺送りした弟のなきがらを
誰にも知らせず　こごえさせ
旅は終わるはずだった

だが季節が変れば　たちまち
茄子は畑で礼儀正しくみのり
球根のころがる土間で
葱を刻む音がひびく

醸造酒がやっと熟れて
売られてゆく秋まで
忘れることはできなかった
地球の半分からここに届くはずの光を――

軍事の凄まじい叫びに囲まれ
父よ　あなたの磨《と》いだサーベルは
錆びてしまって

偏狭の歴史をもはや斬ることはできぬ
林檎の白い花のふたたび咲くのを待ち
居つづけるほかないと
土地とも繫がらぬ
貧弱な身体のまま

一行の詩

私がひっそりとここに息をしているのは　ただそれだけのため
病苦の淵から手術のメスで呼び返され
誰ひとり渡るものとて見えない　ほの暗い彼岸への岐れ路で
岩ばしる　ふり注ぐ銀色の水粒
私の衰えた髪に向って辛うじて届けられてきた命の水によって
甦えることができた
ままならぬこの世では

背に迫る猛烈な乾燥期
おお　ここにいても死んでいった人びとの呻きが聴こえる

隣のベッドに居た男よ
あなたは　どこへ流された
血の海のなかから立ち上がることもかなわず
流され　遠い暗がりを通り
灰の野をさまよっているのか

玉の緒の千切られた雲の下　空かける旅人となることも
世の行く末を見ることもかなわぬまま
身を嵐に托して
美しい青空など　もはや虚構にすぎぬと

言い切ったまま
儚い現世を見定め
罪なくいわれなく断たれねばならなかったいのちを
憶う

空漠の空の下
歌を失った海はどんなに理不尽であるか
負うたものを負うたまま
行こうとしている人界の涯てこそ
鳥獣魚介を食べつづけたわれらの
埋葬の地
行き着くべき一行の詩があるのかもしれぬ

公孫樹

春の女神がやってきた
この爽やかな地球の
半分も
男たちのものにはならない

歴史のなかから振り返って見ている
ひとつの澄んだ眼

そこから見透かされている
われらの恥　そして悪

どんな残酷な火に焼かれようと
夥しい人びとが死にゆこうと
薔薇は生きつづけてきた
どんな変化がおとずれようと

野の道を歩くひとは
絶えない

戦いは愚かで　悲しみを残したが
われらがこの地上にとってよそものであり

だがやむをえない時代の命であることも
街の公孫樹*のざわめきは毎年語り草にしている

*公孫樹　太古のまま生きている化石（ダーウィン）。

乾いた言葉

乾いた言葉というものが
わたしの内側をザラザラと通過していった
戦争の終りが見えず
さかのぼれば言葉の行方が
どこまでも頑迷な野心とかれらの担《かつ》ぐ国家の像に固められていたあの時代

これほど言葉が乾いたのは

あの時代ばかりではないが
わたしの内側に無理矢理つぎこまれたことは
はじめてだった
いくら吐き戻そうとしてみても知らぬまに内部のどこかが傷んだ

やくたいもない乾いた言葉は　いまも不用意に浮遊している
恐ろしい現実のなかで
多様に生きるはずの言語の
一端を突きやぶって
知らぬまに人びとの内部に刺し込まれ
潤いをもった言葉の空隙を破り　圧倒し
ときに埋葬された人事までを支配する——

人びとのなかにひそむ乾いた言葉を
繋ぎ　燃やし　運動を起こすことさえある
戦争もその一つだ

恐るべきアンソロジーを編むことだってできる

わだつみ

わだつみ
億万の年月のあいだ地球の生命をそだてつづけ
いまも
おびただしい生きもの
死者を
ゆっくりと回遊させている

人類のかなしい迷妄の果ての沈没船の龍骨も
ついこの頃　明日を見ることなく死んだ若者たちも
わだつみの底を漂いつづけている

わだつみはどこまでも深く
深海魚の海　珊瑚礁の海
海底に触手をひろげる海草　発光体を　寺院のごとくあつめ
沈黙をかかえこみ
波から波へとゆたかな肢体をひらめかせては
舞踏　光の群舞　泡だつ水泡《みなわ》を空に撥ね上げ

そぎたつ無言の岩　鉱床をどこまでもつらね
水底の凹みにはひそかな森林や

花を咲かせる木木をそだてている
生と死とが無限にくりかえされている
底知れぬわだつみ
その深いところからは
哀しい彼岸からの声が聞こえてくる

はるかな旅立ち

永い歳月に浸かってきた肉身が
すべての夜と日とを語りきれぬまま
住みなれた在所から引きちぎられてゆく
冠のかたちの動脈　僧帽とよばれる弁
動脈静脈と行き詰まり
心の臓がからっぽになってゆく

もう一つの世界へ向おうとした壮大な計画も潰え
体じゅうの痛みがかき鳴らすドラムに
肩・腕は
もはや恋しい肉体であれ　美しい夜叉であれ
抱くことができない

古めかしい方舟と化した骨格
頭蓋骨から背柱　胸骨肋骨　足の骨すべてが
生きていた形を崩しはじめる
地に向って傾いてゆく樹木
波に洗われ　無残に圧殺される小船のごとく
積んできた思念も　思考も　思想も

バラバラに欠けて崖端から崩れ落ち
不死身の医師ケイロン*を呼び出しても
「弓を引く人生」はよみがえらない

解体の刻をきざんでくれるのは　ただ
ガラクタだらけの世の中でも長生きしている時計
ピカソより執拗に動きつづける時計だ
歴史がどう動こうと
刻みつづけ

生前から霊を呼んできた土地から
汲みつづけた水　すべての井戸の声
土地はいつも正直とはいい切れず

野菜にしても修羅場がくると約束を守らぬ
酒びんが涸れるまで
新月に祈ってきた父系の言い伝えも
ひまわりの花の狂乱で
途切れ
橋も折れ川の流れも失った神経の叢――

ここで手渡されるのは有難いお札ではなく
書類
土地を離れてゆくための
始末を印刷した紙片
署名の下は虚空だ

ただ不思議なのは　今になってこの身をめぐる匂い　香気
仙境を吹く風
それも腐敗寸前の肉の人間臭さとともに
この世とあの世とを結ぶ境い目からの挨拶なのか
三界の果てに向けての隠微な地異のごとくとどいてくるのだ

まもなく火に焼かれ
骨となるとき
形而下の物体となって　人格もころげ落ち
完璧な影を演じて身体は　天地創造に似た煙に包まれ
冥きに向う

もはや懐しい家《ホーム》をも二度と振り返ろうとせず
旅立つのか
神も　仏も　無音のままの道を

＊ケイロンは医術にすぐれ薬草を能く用いた。射手座はケイロンが弓を引きしぼる姿といわれる（ギリシア神話）。

別れ

時間の枝から枝に
懸かっている
錘りの在りかを見出せずに

じつは花が閉じてしまったそばに
あるのは
あの子の気配

墜落をくりかえすわたしたちの
夜から昼へ
日ごとに
形を追うのではなく

深みに向うものに惹かれ
さりとてたいした奇蹟を招くこともできずに
この悲しみに抗おうとしてきた
わたしたち

あちらの世界から
送られてくるメッセージに

あのとき　悲しみの極みで
ふるえていたあなた　わたし

沈黙したまま
返すことのできない意味をなぞった
土のなかに根を埋めるように

沈んでしまった闇に
よじれてしまった歌を
埋葬しながら
たどたどしい言葉を交わすばかり……

（亡くなった子に）

イジチュール　そして空海

イジチュールの新訳が出たときいて
十年も前から書架に埋もれている
一九二五年初版本が眼を醒ました
いつどこから読んでも　解きほぐしきれぬものが内蔵されていて
偶然手に入れたこの本だって　ずっと
深沈の夜にわたしを誘ってくれていた
秘密めいたいくつもの家具や壁掛け

深夜の純粋な夢　そして絶対と無限と
振り子時計のダイヤモンド
紋章打った書物
そして真夜中……
部屋を出て階段に消え　イジチュールは賽を投げる
今読み返しても　空無である創造
不在の純化をめざしつつ
完成なき言葉に向う創造がめざされていて……

だがとつぜんはるか遠方から
〃五大にみな響きあり　十界に言語を具す[*1]〃
地・水・火・風・空の五大は物質宇宙をなしつつ
響きを発し　声を出しているという

真言といえる言葉が聞こえ
存在するものの根源として
いや　六塵[*2]ことごとく文字だと
言葉そのものが真実在の象徴とする
言表
空海の言辞が響き渡る

仏教的無を知ったマラルメ　その営みのはるか遠方で
東方発の根源語が
イジチュールの断片をかすかに光らせもする
という破天荒な想定にふと誘われる……

＊1　空海『声字実相義』
＊2　六塵＝眼識、耳識、鼻識、舌識、身識、意識の対象。

生きる

地球のなかで亡びていったもの
星にも月にも届かぬ
花となって終るにしても
そこをめぐってゆくものは
奇蹟にちかい悠久時間から
投げ落されながら
色彩ゆたかな日月の

四季ごとの植物　花から種子　成熟への道を
鳥たちのように
ときには見失なってしまうとはいえ

すべての海も川も
苦しみをあふれさせながら
そこから生みだす
水の行く手　その旅も
地上のおびただしい残滓に汚され

地球のなかで亡びていったもの
星にも月にも届かぬ
花であろうと

地質にも現われずにはいない裂け目で
自然に溶けてゆくのは
骨や　樹だけではない

いま地上までに光を届けている星はすでに滅んでいる
纜《ともづな》を解かれ
九天のはしまで
夜が支配しても
そこで樹木に育ってゆくものもある

血が人体とともに
地上に降り
水をくぐり

岩盤を穿ち　受肉をつづけ
だれでもないものになるために
砂礫《つぶて》はけして　灰のごとく
草花をやしなうものではない

空虚のなかの　無限と否定をぬけ
息をつづける魂のために
深夜ごとに
星座より遠くに　心臓の鼓動をつたえようと

おお　生きものは生きる限りたえず
時間　場処から出てゆく
時間も空間も無に還して

ふたたびそこへ入ってゆくために
みな出てゆく

*

ジャコメッティと矢内原伊作さん

矢内原さん　あなたは底深く広やかな海をいつも内にもっていた
その海は静かでしかもゆたかに人びとを包み
ゆらめく情緒を　甘えをも　許容した
だがわたしは知っている
本当に怒るべきものを怒る思念が底に横たわっていたことを
〃海に死せる兵士たち〃
〃また谷に身を投げて逝ったフィリッピンの無名の女性〃

あなたの怒りは人間の歴史の奥底にある
愚かしさにとどいていたことを

あなたの内なる海がジャコメッティの存在とふれあい
不可能と思われる共同作業を可能にした
ジャコメッティの柔らかさの底にある
怖るべき刃物のごとき本質を
感じとり
それを怖れ　しかも限りなく愛し
その果てに彫像を画像をきわだって屹立させた　極北の鋭い氷柱のごとく
そのあなたが言葉を全的には言葉として伝えられぬまま
心の渦巻を内にかかえ

パリの廃屋の物置小屋のような狭いアトリエで
椅子に坐りつづけた年月
烈しくも怖るべきこの半世紀よりも厳しい濃密な時間を
どのように生きたのか
本当に知ることなぞ誰にもできやしない

「すべてのものは虚無の空間のただ中にある」と呟やき
「究極はすべてポエジーだ」「私はマラルメが好きだ」とうそぶくジャコメッティ[*1]
この二十世紀芸術革命の嵐の中を生きぬいた表現者の言葉を耳にとどめ
あなたという無でない存在　しかし無につきまとわれている存在は
「きみの背後に美しい湖が見えた。残念ながらそれは一瞬で消えてしまったが[*2]」
　と言われつつ
モデルのあなたに　たえず血走った目を注ぎ　語りかけ　叫び　うめき　歓喜し

絶望している

あなたの顔を　おのれに向ってくる「無数の剃刀の刃でできている」[*3]
とまで感じとり　身を慄わせつつ　存在の深淵に立ち向い
描こうとしつづける彫刻家《ジャコメッティ》

出来たばかりの画面をたちまち壊し　ふたたび無から描こうとする
「すべてのものは虚無の空間のただ中にある、私はそれを捉えたいのだ」[*4]と
全く前例のない「存在」が　現われ形づくられるまで
果てを知らぬその仕事はつづく

仕事が進めば進むほど困難になり　一層続行の欲求をもち　一層消失する
鋭利なカミソリの刃がたえずヤナイハラに向ってくる

恐ろしい！　と叫びつつ

あなたという知性の深い哲学者詩人と　スイスの山村スタンパ生れの
激烈なヨーロッパ芸術革命の中を生きぬいたジャコメッティという彫刻家が
ふれ合い　理解し合い　魂を交わし合ったことは
稀有の事件だ
あなた方より先には　誰もいない　もしかしたら神も　造物主もいない

いまとなっては　ふたたびあなたの肉声を聴くことはかなわず
その存在の海にふれる感官も無念だが断たれている

しかし今ジャコメッティのヤナイハラの像
彫刻　デッサンを見るたびに

わたしは
人間存在の本源をなす　有も無も
視線の遭遇する不透明さを切り破り
自由に苦しみ　さらに挫折にもぶつからせる
傷を負い　生の恐るべき活力にふるえる
二人の狂気にも近い愛の現存《レアリテ》を受け取るのだ

矢内原さんよ
あなたの歌ったリョウブの花が
今年も　林のなかに咲く季節がやってくる

＊1　『ジャコメッティとともに』（筑摩書房）矢内原伊作　昭和四十四年　三九～四〇頁
＊2　右に同じ　二一二頁　＊3　右に同じ　三五三頁　＊4　右に同じ　八二頁

後記

三千の日が過ぎていった。（申すまでもないが「三千」は数の多いことを表わす語として用いている。あらゆる現象的世界を「三千世界」ともいう。）

その間の最大の激烈な体験は、昭和二十年三月十日の大空襲に東京下町で遭遇、何もかもを焼かれたこと。この世が地獄に変ずるさまを十四歳のこの身で見てしまった。

信州に逃れ、物置小屋を借り、はじめて詩らしいものを書いた。多くの人々との親密な出会いがあり、別れがあり、身体の度たびの危機もあり。

本集のI部はiの章が〝現在〟、iiの章は〝戦中戦後〟、iiiの章は〝生死《しょうじ》〟のこと、II部は敬愛する矢内原伊作さんに捧げる拙作、で編むことにした。

いずれも最近の作品です。

刊行にさいして小田久郎代表に一方ならぬお世話になりました。編集部の髙木真史さんにも心からの御礼を申し上げます。

そして東日本大震災からの復興を祈りつつ。

付記
じつは二年前から前立腺の病いが限界に達し手術も不可能といわれたが、一人の医師のホルミウムレーザーによる献身的な新手術により、五時間を越す苦闘の末、切除に成功。予後一年の空白期をへて、漸く作品を書くことができるようになった。この恩恵を頂いた加藤忍先生にも感謝をこめて。

二〇一一年秋　田中清光

三千《さんぜん》の日《ひ》

著者
田中清光《たなかせいこう》
発行者
小田久郎
発行所
株式会社 思潮社
〒一六二―〇八四二 東京都新宿区市谷砂土原町三―十五
電話〇三（三二六七）八一五三（営業）・八一四一（編集）
FAX〇三（三二六七）八一四二
印刷所
創栄図書印刷株式会社
製本所
小高製本工業株式会社
発行日
二〇一一年十月三十一日